Un scandale en Bohême

Arthur Conan Doyle

Oeuvre du domaine public.

Un scandale en Bohême

Pour Sherlock Holmes c'est toujours « la femme ». Il ne parle jamais d'elle que sous cette dénomination ; à ses yeux elle éclipse le sexe faible tout entier. Ne croyez pourtant pas qu'il ait eu de l'amour, voire même de l'affection pour Irène Adler. Tous les sentiments violents et celui-là en particulier sont contraires à son caractère froid, méthodique et admirablement équilibré. Holmes est bien la machine animée et observatrice la plus parfaite qu'on puisse rencontrer, mais je ne vois pas mon personnage dans le rôle d'amoureux. Il ne m'a jamais parlé d'amour qu'avec un geste de mépris et un sourire railleur. Pour lui qui a mission d'observer et de déduire, la passion chez les autres est un secours puissant ; elle détermine sans cesse les mobiles secrets qui ont porté l'accusé à son crime ; mais le logicien de profession aurait grand tort de se laisser envahir par le sentiment ; cela équivaudrait à introduire dans des rouages fins et délicats un facteur étranger qui y porterait la plus grande perturbation ; le sentiment pourrait influer sur ses déductions. Une émotion violente pour une nature comme la sienne équivaudrait à un grain de sable dans un instrument de précision ou à une fêlure sur un de ses microscopes les plus puissants. Et cependant pour lui il n'y avait qu'une femme au monde et cette femme était feue Irène Adler, de mémoire douteuse.

Je n'avais pas vu Holmes depuis quelque temps. Mon mariage nous avait forcément séparés l'un de l'autre ; le bonheur parfait dont je jouissais, les nouveaux devoirs et les occupations inséparables d'une entrée en ménage absorbaient tous mes instants. De son côté, Holmes, dont la nature bohème répugnait à tout ce qui avait l'apparence du monde, continuait à résider dans son appartement de Baker street, enfoui sous ses vieux bouquins, étudiant sur lui-même les effets de la cocaïne ou se livrant à des rêves d'ambition ; en somme tantôt engourdi par le poison et tantôt dévoré par l'activité extraordinaire de son ardente nature. Il était comme toujours particulièrement attiré par les enquêtes criminelles et il mettait ses merveilleuses facultés d'observation au service de ces crimes mystérieux que la police renonçait à éclaircir. De temps en temps les échos de ses exploits me parvenaient vaguement ; je savais qu'il avait été appelé à Odessa pour étudier le meurtre de Trepoff, qu'il avait jeté la lumière sur la singulière tragédie des frères Atkinson à Trincomalee et enfin qu'il s'était acquitté avec beaucoup de tact et de succès d'une mission délicate pour le compte de la maison régnante de Hollande. À part ces nouvelles que me donnaient du reste les feuilles publiques et qui me prouvaient qu'il était encore en vie, je ne savais presque rien de mon vieux camarade et ami.

Un soir, je me rappelle que c'était le 20 mars 1888, je revenais de voir un malade (car je m'étais consacré à la clientèle civile) et je longeais précisément la Baker street. En passant devant la porte bien connue, inséparable pour moi du souvenir de mes fiançailles et des sombres incidents de l'Étude de rouge, je fus saisi du désir irrésistible de revoir Sherlock Holmes et de savoir à quoi il employait ses extraordinaires facultés. Son appartement était très éclairé et en levant la tête j'aperçus, à travers le store, sa longue et mince silhouette allant et venant dans la pièce. Il marchait rapidement, la tête penchée sur la poitrine, les mains derrière le dos. Pour moi qui le connaissais à fond il n'y avait aucun doute ; il était en plein travail ; il s'était arraché à ses rêves et cherchait à résoudre quelque nouveau problème. Je sonnais et je fus introduit dans ce salon qui avait été aussi le mien autrefois.

Je ne fus pas reçu très chaudement ; en apparence du moins, car dans le fond je crois qu'il était assez content de me revoir. Presque sans m'adresser la parole, il me désigna un fauteuil, me jeta son étui à cigares, me montra du doigt une cave à liqueurs et dans un coin un allume-cigare. Puis il se planta devant la cheminée et me fixa avec son regard si pénétrant.

— Le mariage vous réussit, me dit-il. Je suis sûr que vous avez gagné sept livres et demie depuis que je ne vous ai vu.

— Sept, répondis-je.

— Vraiment ? Il me semblait que c'était un peu plus, quelques grammes seulement, j'en suis persuadé, Watson. Et vous vous êtes remis à exercer la médecine, je vois. Vous ne m'aviez pas dit que vous comptiez reprendre le collier de misère.

— Alors comment le savez-vous ?

— Je le vois, ou je le déduis plutôt de ce que je vois. Vous avez été souvent mouillé ces temps derniers et vous avez une servante des plus maladroites et négligentes.

— Mon cher Holmes, dis-je, ceci est trop fort. Il y a quelques siècles on vous aurait sûrement brûlé vif comme sorcier. Il est parfaitement exact que j'ai dû faire jeudi dernier une longue course dans la campagne, et que je suis rentré trempé et couvert de boue ; mais comme je ne porte pas aujourd'hui les mêmes vêtements, je ne comprends pas ce qui vous l'a fait découvrir. Quant à Marie-Jeanne, elle est incorrigible et ma femme lui a donné son congé ; mais une fois de plus, je ne vois pas comment vous avez pu le deviner. »

Il esquissa un petit sourire moqueur et frotta l'une contre l'autre ses longues mains osseuses.

— C'est enfantin, dit-il ; je vois d'ici que sur le rebord de votre soulier gauche, éclairé en ce moment par le feu, le cuir est sillonné de six coupures parallèles. Il est clair que ces coupures ont été faites par quelqu'un qui a gratté très négligemment le tour des semelles afin d'en enlever la boue desséchée. De là, vous le voyez, ma double déduction que vous étiez sorti par un très mauvais temps et que vous aviez chez vous un très fâcheux spécimen de la domesticité de Londres. Quant à l'exercice de votre profession, il est bien évident que lorsqu'un individu entre chez soi apportant avec lui une forte odeur d'iodoforme, qu'il a sur l'index une tache de nitrate d'argent et que son chapeau haut de forme est bossué à l'endroit où il cache son stéthoscope, il faudrait être idiot pour ne pas déclarer qu'il professe la médecine. »

Je ne pus m'empêcher de rire en l'entendant développer si naturellement son mode de déduction.

— Quand vous me donnez des explications, dis-je, la chose me paraît si simple que je me crois capable d'en faire autant ; et néanmoins, à chaque nouvelle occasion, je me retrouve aussi novice et je ne comprends que lorsque vous m'avez une fois de plus développé votre procédé. Il me semble cependant que ce que vous voyez, je devrais le voir aussi.

— Assurément, me répondit-il, en allumant une cigarette et en se jetant dans un fauteuil. Vous voyez, mais vous n'observez pas, c'est certain. Par exemple vous avez souvent vu l'escalier qui mène de l'antichambre à cette pièce.

— Souvent.

— Combien de fois ?

— Eh bien, quelques centaines de fois.

— Combien y a-t-il de marches ?

— Combien ? Je n'en sais rien.

— Parfaitement. Vous n'avez pas observé. Et cependant vous avez vu ; c'est bien ce que je vous disais. Moi, par contre, je sais qu'il y a dix-sept marches, parce que je ne me suis pas contenté de voir, j'ai observé. À propos, puisque vous vous plaisez à étudier mes problèmes et que vous avez même eu la bonté de publier quelques-uns de mes succès, tout insignifiants qu'ils fussent, ceci vous intéressera peut-être. »

Il prit sur la table une lettre et me la jeta. Je remarquai que le papier, légèrement teinté de rose, était de très belle qualité.

— J'ai reçu cette lettre hier par le dernier courrier, me dit-il. Lisez-la tout haut. »

Il n'y avait ni date, ni signature, ni adresse. En voici le texte :

« À huit heures moins un quart, ce soir, se trouvera chez vous une personne désirant vous consulter sur une matière très grave. Les services que vous avez rendus tout dernièrement à une des maisons royales d'Europe nous prouvent que l'on peut vous confier en toute sécurité les affaires les plus importantes. Ces renseignements, nous les avons de tous côtés reçus. Soyez donc chez vous à cette heure-là, et, si votre visiteur porte un masque, ne le prenez pas en mauvaise part. »

— C'est un mystère, en effet, dis-je. En avez-vous la clef ?

— Non pas. C'est un grand tort d'échafauder une théorie avant d'avoir une donnée. Insensiblement on tâche d'adapter les faits à la théorie au lieu d'adapter la théorie aux faits. Mais parlons de la lettre elle-même. Qu'en déduisez-vous ? »

J'examinai soigneusement l'écriture et le papier.

— L'homme qui a écrit ces lignes est, je présume, dans une situation aisée, dis-je en m'efforçant d'imiter le procédé de mon ami. Cette qualité de papier coûte au moins trois francs la boîte ; il est singulièrement épais.

— Singulièrement, c'est bien le mot, dit Holmes. Ce n'est pas du papier anglais. Présentez-le à la lumière. »

J'obéis aussitôt et je distinguai un grand E avec un petit g, un P et un grand G avec un petit t imprimés dans la pâte du papier.

— Qu'en pensez-vous ? demanda Holmes.

— C'est le nom du fabricant, sans doute, ou plutôt son monogramme.

— Pas du tout. Le G avec le petit t signifie Gesellschaft, ce qui veut dire en allemand « compagnie ». C'est une contraction usuelle comme le C° anglais, dans le même cas. Cherchons maintenant l'explication de Eg. Je vais consulter mon dictionnaire universel. »

Il prit sur un des rayons de sa bibliothèque un gros volume brun.

— « Eglo, Eglonitz, nous y voici : Egria. C'est une province de Bohême où on parle allemand, et qui est située non loin de Carlsbad. Remarquable pour avoir été le théâtre de la mort de Wallenstein et pour ses nombreuses manufactures de verre ainsi que ses moulins à papier. »

« Eh bien ! mon garçon, qu'en pensez-vous ?

Ses yeux brillaient, et, aspirant triomphalement sa cigarette, il envoya au plafond un gros nuage bleu.

— Ce papier a donc été fabriqué en Bohême, dis-je.

— Précisément. Et l'individu qui a écrit la lettre est Allemand. Avez-vous remarqué la construction bizarre de cette phrase : « Ces renseignements, nous les avons de tous côtés reçus. » Un Français ou un Russe n'aurait pas écrit cela. Il n'y a que l'Allemand qui soit si irrévérencieux pour ses verbes. Il ne nous reste donc plus qu'à savoir ce que veut cet Allemand qui écrit sur du papier de Bohême, et qui préfère porter un masque que de montrer son visage. Et si je ne me trompe, le voici qui vient en personne dissiper nos doutes. »

Comme il disait ces mots, nous entendîmes en effet des pas de chevaux dans la rue et le grincement des roues contre le frein, puis un violent coup de sonnette. Holmes se mit à siffloter.

— Une paire de chevaux, si je ne me trompe. Oui, continua-t-il en regardant la fenêtre. Un coupé d'un bon fabricant et de jolies bêtes. Cent cinquante guinées chacune. L'individu est riche tout au moins, Watson, s'il n'est pas autre chose.

— Je crois que je ferais bien de me retirer, Holmes.

— Pas du tout, docteur. Je vous prie au contraire de rester. Je me sens perdu sans mon Boswell et cette affaire promet d'être intéressante ; ce serait vraiment dommage de ne pas la connaître.

— Mais votre client ?

— Ne vous occupez pas de lui. Je puis avoir besoin de vous et lui aussi. Le voici du reste. Mettez-vous dans ce fauteuil et observez. »

Des pas lourds dans l'escalier et le corridor, un arrêt devant la porte, puis un coup sec et autoritaire.

— Entrez, dit Holmes.

C'était un homme d'au moins six pieds six pouces qui se présenta devant nous ; il était taillé en hercule, et vêtu avec une élégance qui touchait au mauvais goût. Son pardessus croisé sur la poitrine était bordé sur le devant et aux manches de larges bandes d'astrakan. Le grand manteau bleu jeté négligemment sur son épaule était doublé d'une soie couleur de feu, et fixé au cou par une broche qui consistait en un béryl étincelant. Des bottes à mi-jambes garnies de fourrure complétaient l'aspect d'opulence exotique que suggérait l'ensemble de sa personne. Il tenait à la main un chapeau à larges bords et son visage était caché jusqu'aux joues par un domino noir qu'il venait évidemment de mettre à l'instant même, car il le tenait encore lorsqu'il entra. À en juger par le bas de son visage, c'était un homme de beaucoup de volonté avec une grosse lèvre tombante, un menton long et droit, signe d'un caractère résolu jusqu'à l'obstination.

— Vous avez reçu mon billet, demanda-t-il d'une voix grave et rude empreinte d'un fort accent allemand. Je vous y prévenais de ma visite. »

Il nous regardait alternativement, ne sachant auquel de nous deux il devait s'adresser.

— Je vous en prie, prenez un siège, dit Holmes. Je vous présente mon collègue et ami le Dr Watson, qui veut bien à l'occasion m'assister dans les enquêtes que j'ai à faire. À qui ai-je l'honneur de parler ?

— Au comte de Kramm, si vous permettez, gentilhomme bohémien. Je crois comprendre que monsieur ici présent, votre ami, est un homme d'honneur et de discrétion à qui je puis confier une affaire de la plus haute importance. S'il en était autrement, je préférerais conférer avec vous seul. »

Je m'étais levé pour me retirer, mais Holmes me saisit par le poignet et me força à me rasseoir.

— Vous parlerez devant nous deux ou pas du tout, dit-il. Vous pouvez dire devant monsieur tout ce que vous me diriez en tête à tête.

Le comte haussa les épaules.

— Alors il faut que j'exige d'abord de vous deux le secret le plus absolu pendant deux ans ; au bout de ce temps la chose pourra être ébruitée sans inconvénient. Pour l'instant je n'exagère pas en disant que la révélation de ce secret pourrait influer sur les destinées de l'Europe.

— Je vous donne ma parole, dit Holmes.

— Et moi aussi.

— Vous excuserez ce masque, continua notre singulier visiteur. Mon auguste maître désire que son serviteur vous soit inconnu et je préfère vous dire tout de suite que le titre que je me suis donné ne m'appartient pas.

— Je le savais, dit Holmes sèchement.

— Les circonstances dans lesquelles je me trouve sont très délicates et il est nécessaire de prendre toutes les précautions pour éviter un immense scandale qui compromettrait sérieusement une des maisons régnantes d'Europe. Pour parler franc, l'affaire touche l'illustre maison d'Ormstein qui règne sur la Bohême.

— Je le savais aussi, murmura Holmes en s'enfonçant dans son fauteuil et en fermant les yeux. »

Notre visiteur jeta un coup d'œil étonné sur la longue silhouette de cet homme qui lui avait sans doute été dépeint comme l'un des logiciens les plus profonds et des policiers les plus célèbres de l'Europe entière. Holmes rouvrit lentement les yeux et regarda impatiemment son colosse de client.

— Si Votre Majesté daignait exposer son affaire, remarqua-t-il, je serais peut-être à même de lui donner un conseil. »

L'homme se leva brusquement et arpenta la pièce en proie à une agitation qu'il ne parvenait pas à dissimuler. Puis, avec un geste de désespoir, il arracha le domino de son visage et le jeta par terre.

— Vous avez raison, s'écria-t-il. Je suis le roi. Pourquoi chercherais-je à le dissimuler plus longtemps ?

— Pourquoi en effet ? murmura Holmes. Avant que Votre Majesté n'eût prononcé une seule parole, je savais déjà que j'avais l'honneur de parler à Guillaume-Gollsreich-Sigismond d'Ormstein, grand-duc de Cassel-Felstein et roi héréditaire de Bohême.

— Mais vous comprenez, n'est-ce pas, dit notre étrange visiteur en se rasseyant et en passant sa main sur son front large et pâle, vous comprenez bien que je ne suis pas habitué à faire moi-même en personne pareille besogne. Et cependant, la matière est si délicate que je ne pouvais la confier à quelqu'un sans me mettre en son pouvoir. Je suis venu de Prague incognito tout exprès pour vous consulter.

— Alors consultez, je vous prie, dit Holmes, en refermant les yeux.

— En deux mots voici les faits : il y a quelque cinq ans, pendant un long séjour à Warsow, je fis connaissance avec l'aventurière bien connue qui répond au nom d'Irène Adler. Vous devez avoir entendu parler d'elle.

— Veuillez consulter mon index, docteur, je vous prie, murmura Holmes sans ouvrir les yeux.

Depuis des années, il avait adopté le système de collectionner tous les paragraphes concernant les hommes et les choses, de sorte qu'il était presque impossible de lui citer une chose ou une personne sur laquelle il ne fût pas documenté. Dans le cas présent je trouvai en effet la biographie qu'il cherchait entre celle d'un rabbin et celle d'un commandant d'état-major qui avait écrit une monographie sur les poissons qu'on trouve dans les grandes profondeurs de la mer.

— Montrez, dit Holmes. Hum ! née à New-Jersey en 1858. Contralto, hum ! La Scala, hum ! Prima donna à l'Opéra impérial de Warsow, oui. A renoncé à la scène, ha ! Habite Londres. C'est bien cela ! Si je ne me trompe, Votre Majesté s'est compromise avec cette jeune personne, a correspondu avec elle et désirerait rentrer en possession de ses lettres.

— Justement. Mais comment ?

— Y a-t-il eu un mariage secret ?

— Aucun.

— Pas de contrat ou de signature ?

— Aucun.

— Alors je n'y suis plus. Si cette jeune personne produit des lettres pour faire du chantage ou pour tout autre motif, comment peut-elle prouver leur authenticité ?

— Il y a l'écriture.

— Peuh ! cela peut être un faux.

— Mais le papier à lettre à mon chiffre ?

— Il peut avoir été volé.

— Mon propre cachet ?

— Imité.

— Ma photographie ?

— Achetée.

— Nous sommes sur le même cliché !

— Ah ! sapristi, ceci devient grave. Votre Majesté a en effet manqué aux convenances.

— J'ai été fou, insensé.

— Vous vous êtes sérieusement compromis.

— Je n'étais que prince héritier à ce moment-là ; j'étais jeune. J'ai à peine trente ans aujourd'hui.

— Cette photographie, il faut à tout prix la ravoir.

— Nous avons essayé sans aucun succès.

— Il faut que Votre Majesté la paye. Nous l'achèterons.

— Elle refuse de la vendre.

— Il faut la prendre, alors.

— On a essayé à cinq reprises différentes. Deux fois des cambrioleurs à ma solde ont bouleversé sa maison. Une autre fois nous avons détourné ses bagages de leur direction pendant un voyage qu'elle faisait. Deux fois elle a été dévalisée. On n'est arrivé à aucun résultat.

— On n'a même eu aucun indice ?

— Aucun.

— Absolument aucun ? — Holmes se mit à rire. — C'est un amusant petit problème, dit-il.

— Mais très sérieux pour moi, reprit le roi d'un ton de reproche.

— Très sérieux, en effet. Et que compte-t-elle faire de la photographie ?

— Elle compte en faire mon malheur.

— Comment cela ?

— Je suis sur le point de me marier.

— J'ai, en effet, appris cet événement.

— Avec Clotilde Lothman de Saxe-Meiningen, seconde fille du roi de Scandinavie : Vous connaissez les principes arrêtés de sa famille. Elle est elle-même très stricte sur ce qui est point d'honneur. L'ombre d'un doute sur ma conduite anéantirait ce projet.

— Et Irène Adler ?

— Menace de lui envoyer la photographie. Et elle le fera. Je l'en sais capable. Vous ne la connaissez pas, elle a une pierre à la place du cœur. C'est bien le plus ravissant visage de femme que je connaisse ; mais c'est une volonté d'homme, une volonté de fer. Elle ne reculera devant aucun moyen pour empêcher ce mariage.

— Vous êtes sûr qu'elle ne l'a pas encore envoyée, cette photographie ?

— J'en suis sûr.

— Et comment pouvez-vous l'affirmer ?

— Parce qu'elle a dit qu'elle ne l'enverrait que le jour où les fiançailles seraient officielles. Or, elles ne le seront que lundi prochain.

— Alors nous avons encore trois jours, dit Holmes en bâillant. C'est bien heureux, car j'ai à m'occuper en ce moment d'une ou deux affaires très importantes. Votre Majesté va naturellement rester à Londres quelques jours.

— Certainement. Vous me trouverez à l'hôtel Langham sous le

nom de comte de Kramm.

— Alors, je vous laisserai un mot pour vous faire savoir ce qui en est.

— Je compte bien sur vous pour cela. Vous devinez mon anxiété.

— Passons maintenant à la question d'argent.

— Je vous laisse carte blanche.

— Sans aucune restriction ?

— Absolument aucune. Je vous dis que je donnerais une province de mon royaume en échange de cette photographie.

— Et pour les frais ?

Le roi tira de la poche de son manteau un sac en peau de chamois et le jeta sur la table.

— Voici trois cents livres sterling en or et sept cents en billets de banque, dit-il.

Holmes griffonna un reçu sur le feuillet de son carnet et le lui tendit.

— Et l'adresse de la demoiselle ? demanda-t-il.

— Elle habite Briony Lodge, Serpentine Avenue Saint-John's wood.

Holmes prit note de l'adresse.

— Une dernière question, dit-il. La photographie est-elle encadrée ?

— Oui.

— Alors bonsoir, Sire, et je pense que nous aurons sous peu de bonnes nouvelles à vous donner. Bonsoir aussi, Watson, ajouta-t-il, au moment où la voiture s'éloignait. Soyez assez bon pour revenir demain à trois heures. J'aimerais à recauser de tout cela avec vous.

À trois heures précises, le lendemain, je me trouvai chez Holmes, dans son appartement de Baker street ; mais il n'était pas encore rentré. Sa propriétaire me dit qu'il était sorti un peu après huit heures du matin. Je m'assis au coin du feu, bien résolu à l'attendre. Je m'intéressais déjà vivement à cette affaire qui, pour ne pas présenter les caractères hideusement étranges des deux enquêtes criminelles que j'ai relatées ailleurs, n'en avait pas moins, par elle-même et par la haute situation de son client, une physionomie particulière. De plus, en dehors de la nature de l'investigation dont mon ami était chargé, c'est toujours pour moi un plaisir très grand d'étudier sa méthode de travail, et la manière dont il arrive à débrouiller de main de maître, avec une sûreté de raisonnement incroyable, les situations les plus compliquées. J'étais si habitué à son invariable succès, que je ne pensais même pas à l'éventualité d'un échec.

Il était près de quatre heures lorsque la porte s'ouvrit et un groom à favoris, à demi ivre, avec les joues enluminées et les vêtements en désordre, entra dans la pièce. Quelque accoutumé que je fusse à l'extraordinaire talent qu'avait mon ami pour se grimer, je dus le regarder jusqu'à trois fois pour m'assurer que c'était bien lui. Avec un signe de tête il disparut dans sa chambre à coucher d'où il ressortit cinq minutes après, vêtu d'une manière respectable. Comme d'ordinaire, il s'installa devant la cheminée pour se chauffer les pieds, et, les mains dans les poches, il éclata de rire.

— Non, c'est trop fort ! Et il fut pris d'un tel accent de gaieté qu'il en perdit la respiration et retomba épuisé sur sa chaise.

— Qu'y a-t-il donc ?

— C'est vraiment trop drôle. Vous n'imaginerez jamais à quoi j'ai employé ma matinée et à quelle extrémité j'en ai été réduit.

— Je n'en sais rien. Je suppose que vous avez surveillé les faits et gestes et peut-être la maison de Mlle Irène Adler.

— Assurément. Mais le résultat a été très inattendu. Je vais vous en faire juge. Je suis sorti de chez moi un peu après huit heures ce matin, déguisé en groom et à la recherche d'une place. Il existe une grande camaraderie entre palefreniers. Soyez des leurs, et vous saurez vite tout ce que vous pouvez désirer. Je découvris bien vite Briony Lodge. C'est un bijou de villa à deux étages avec un jardin derrière. La façade donne sur la route, et la porte a une serrure de sûreté. Un grand salon à droite, bien meublé, avec des grandes fenêtres descendant presque jusqu'au sol et ces absurdes fermetures de sûreté qu'un enfant ouvrirait. Derrière, rien de remarquable, sauf que la fenêtre du corridor est facilement accessible par la toiture des écuries. J'ai fait le tour de la maison et je l'ai examinée de près, de tous les côtés, mais sans trouver quoi que ce soit qui fût digne d'intérêt.

Je flânai ensuite dans la rue et j'y trouvai, comme je m'y attendais du reste, des écuries dans une ruelle qui longe un des murs du jardin. J'aidai le garçon d'écurie à panser ses chevaux et il me donna en échange quatre sous, un verre de vin, deux bonnes prises de caporal et tous les renseignements possibles sur Mlle Adler, sans parler des détails sur une demi-douzaine de personnes auxquelles je ne m'intéressais nullement, mais dont je fus forcé d'écouter la biographie.

— Et Irène Adler ? demandai-je.

— Oh ! elle a tourné la tête de tous les hommes dans ce quartier-là. C'est la personne la plus charmante qui ait jamais coiffé chapeau sur notre globe, dit-on dans les écuries de la rue Serpentine. Elle vit tranquillement, elle chante dans les concerts, sort en voiture tous les jours à cinq heures, et rentre exactement à sept heures pour dîner. Elle sort rarement à d'autres heures, excepté quand elle doit chanter. En fait d'ami, elle n'en a qu'un, mais on le voit souvent entrer chez elle. Il est brun, joli garçon, élégant de tournure ; il ne vient jamais moins d'une fois par jour et souvent deux fois. C'est un M. Godfrey Norton, d'Inner Temple. Vous voyez combien il est avantageux d'être le confident d'un cocher de fiacre. C'est une voiture des écuries Serpentine qui a ramené chez lui une douzaine de fois cet individu et on est au courant de tout ce qui le touche. Lorsque j'eus écouté tout ce qu'ils avaient à me dire, je me mis à arpenter la rue près de Briony Lodge et à préparer mon plan de campagne.

Ce Godfrey Norton était évidemment un facteur important dans l'affaire. C'est un homme de loi, et ceci me parut plutôt de mauvais augure. Quelles relations existaient entre eux et quelle était la raison de ses visites fréquentes ? Était-elle sa cliente, son amie ou sa maîtresse ? Si elle était sa cliente, elle lui avait probablement confié la photographie. Si elle était sa maîtresse, c'était moins probable. De la réponse à cette question dépendait ma décision. Il s'agissait de savoir en effet si je devais continuer mes investigations à Briony Lodge ou diriger mes recherches vers l'appartement du monsieur, au Temple. C'était un point délicat et cela élargissait le champ de mon enquête. Mais je crains un peu de vous ennuyer avec tous ces détails ; d'un autre côté, je veux vous laisser voir ma perplexité, afin de vous bien exposer la situation.

— Je vous suis attentivement, répondis-je.

— J'hésitais encore lorsqu'un hansom s'arrêta devant Briony Lodge. Un monsieur en descendit. C'était un homme brun particulièrement beau, avec un nez aquilin et une moustache, évidemment l'homme dont on m'avait parlé. Il semblait très pressé, cria au cocher de l'attendre, et passa devant la femme de chambre qui lui avait ouvert la porte comme un homme qui est tout à fait chez lui.

« Il resta dans la maison une demi-heure environ, et je l'apercevais par moments à travers les fenêtres du salon, arpentant la pièce, gesticulant et parlant avec excitation. D'elle, je ne voyais absolument rien. Tout à coup il parut, et il me sembla qu'il était encore plus troublé qu'auparavant. Au moment de monter dans le fiacre il tira une montre d'or de sa poche et la regarda attentivement. « Conduisez-moi au galop, cria-t-il, d'abord chez Gross et Hankey, Regent street, puis à l'église de Sainte-Monique sur la route Edgware. Un demi-louis si vous faites ce trajet en vingt minutes.

« Ils partirent et j'étais en train de me demander si je ne ferais pas bien de les suivre, lorsque je vis arriver dans la rue un élégant landau dont le cocher avait son pardessus à demi boutonné, sa cravate remontée jusqu'aux oreilles, tandis qu'aucune des courroies de son harnais n'était convenablement bouclée. Le landau était à peine arrêté que la dame s'était déjà précipitée hors de la maison et dans la voiture. Je ne fis que l'entrevoir à ce moment, mais c'était une de ces femmes dont la beauté peut inspirer la plus violente passion.

« — À l'église de Sainte-Monique, cria-t-elle, et un demi-louis si vous m'y menez en vingt minutes. »

« C'était une occasion qu'il ne fallait pas manquer, Watson. Je me demandais si je suivrais la voiture à la course ou si je m'accrocherais derrière le landau, lorsqu'un fiacre vint à passer dans la rue. Le cocher regarda d'un air de méfiance le client d'aspect si misérable qui se présentait à lui mais je ne lui donnai pas le temps de la réflexion et je sautai dans le véhicule. « À l'église de Sainte-Monique, lui dis-je, et un demi-louis si vous m'y menez en vingt minutes. » Il était midi moins vingt-cinq et il était facile de deviner l'événement qui se préparait.

« Mon cocher marcha très vite. Je ne crois pas avoir jamais brûlé le pavé de cette manière, et cependant les autres étaient déjà arrivés lorsque je parvins à l'église. Le fiacre et le landau avec des chevaux ruisselants de sueur étaient arrêtés devant la porte. Je payai mon cocher et je me hâtai d'entrer dans le temple. Il était désert à l'exception de deux personnes que j'y avais suivies et d'un pasteur qui semblait discuter avec elles. Ils formaient tous trois un groupe devant l'autel. Je montais en badaud l'un des bas côtés du temple lorsque, à ma grande surprise, les trois personnages qui se trouvaient dans le sanctuaire se tournèrent de mon côté et Godfrey Norton vint à moi en courant.

« — Dieu soit béni, s'écria-t-il. Voilà l'affaire. Venez, venez.

« — Quoi donc, qu'y a-t-il ? demandai-je.

« — Venez, monsieur, venez, je vous en prie, plus que trois minutes ou nous ne serons plus dans la légalité. »

« Je fus entraîné devant l'autel et avant de savoir où j'en étais, je me surpris marmottant des réponses qu'on me soufflait à l'oreille et jurant des choses que j'ignorais totalement, en somme assistant au mariage de Mlle Irène Adlar et de Godfrey Norton, célibataire. Ce fut l'affaire d'un instant, et aussitôt le monsieur d'un côté, la dame de l'autre, se confondirent en remerciements, tandis qu'en face de moi je voyais la figure rayonnante du pasteur. C'était la position la plus ridicule qu'on puisse voir et c'est en y pensant que j'ai éclaté de rire tout à l'heure. Il paraît qu'il y avait eu un vice de forme dans leur dispense de bans, que le pasteur refusait absolument de les marier sans un témoin quelconque, et que mon arrivée sauva le marié de l'ennui de courir dans la rue à la recherche d'un témoin. La fiancée me donna un louis et je compte le porter à ma chaîne de montre en souvenir de l'événement.

— L'affaire prend une tournure tout à fait inattendue, dis-je. Et alors ?

— Alors je me rendis compte que nos plans étaient sérieusement menacés. Je pensais que le couple allait se mettre en route immédiatement et que cela nécessiterait des mesures très promptes et très énergiques de ma part. Ils se séparèrent cependant à la porte du temple, lui se dirigeant vers sa demeure et elle vers sa villa.

« J'irai faire ma promenade habituelle en voiture au parc à cinq heures, dit-elle en le quittant. » Je n'en entendis pas davantage. Ils partirent chacun dans une direction différente et je m'en allai dresser mon plan d'attaque…

— Qui est ?

— Du bœuf froid et un verre de bière, répondit-il en sonnant. J'ai été trop occupé pour penser à manger et il est probable que je serai encore plus occupé ce soir. À propos, docteur, j'aurai besoin de votre concours.

— J'en serai ravi.

— Vous ne craindrez pas de contrevenir la loi ?

— Pas le moins du monde.

— Ni de courir la chance d'être arrêté ?

— Aucunement, si c'est pour une bonne cause.

— Oh ! la cause est excellente.

— Alors, je suis votre homme.

— J'étais bien sûr de pouvoir compter sur vous.

— Mais qu'est-ce que vous voulez de moi ?

— Lorsque Mme Turner aura apporté le plateau, je vous expliquerai la chose. Maintenant, dit-il, en se tournant d'un air affamé vers la frugale chère que notre propriétaire avait préparée, nous discuterons tandis que je me restaurerai, car je n'ai pas beaucoup de temps à moi. Il est presque cinq heures, maintenant. Dans deux heures il faut être sur le lieu de la scène. Mlle Irène ou plutôt Mme Irène rentre de sa promenade à sept heures. Il faut que nous soyons à Briony Lodge pour la recevoir.

— Et alors ?

— Reposez-vous sur moi de tout le reste. J'ai déjà préparé ce qu'il y avait à faire. Il n'y a qu'un point sur lequel j'insisterai, c'est que vous ne vous mêliez de rien, quoi qu'il arrive. Vous comprenez ?

— Je dois rester neutre ?

— Vous ne devez faire quoi que ce soit ! Il y aura probablement un peu de tumulte et de désarroi. Ne vous en effrayez pas. Cela se terminera par ceci : que je serai invité à entrer dans la maison. Quatre ou cinq minutes après, la fenêtre du salon s'ouvrira, vous devrez vous placer tout près de cette fenêtre ouverte.

— Oui.

— Vous m'observerez car vous me verrez facilement.

— Oui.

— Et lorsque je lèverai la main comme ceci vous jetterez dans la chambre ce que je vous aurai donné à jeter, et, en même temps, vous crierez : « Au feu ! » Vous me suivez bien ?

— Parfaitement.

— Ce n'est rien de bien terrible, dit-il en tirant de sa poche un rouleau de la forme d'un cigare. C'est une simple fusée de plombier, munie, à chaque extrémité, d'une amorce qui fait qu'elle s'allume automatiquement. Votre rôle se borne à cela. Lorsque vous crierez : « Au feu ! » ce cri sera répété par un grand nombre de gens. Vous pourrez alors aller jusqu'au bout de la rue et je vous rejoindrai dix minutes plus tard. J'espère que vous m'avez bien compris ?

— Je dois rester neutre, m'approcher simplement de la fenêtre, vous observer, et au signal que vous me donnerez, jeter l'objet que voilà, puis pousser le cri de : « Au feu » et attendre au coin de la rue.

— Précisément.

— Alors vous pouvez absolument compter sur moi.

— C'est parfait. Maintenant je crois qu'il est temps que je me prépare à mon nouveau rôle. »

Il disparût dans sa chambre et revint quelques minutes plus tard déguisé en aimable et naïf pasteur non-conformiste. Son grand chapeau noir, ses larges pantalons, sa cravate blanche, son sourire sympathique et son aspect général de bienveillante bonté en faisaient le type du genre.

Ce n'était pas le costume seul que Holmes savait changer. Il prenait toujours l'expression, les manières et jusqu'à l'âme pour ainsi dire de celui qu'il représentait. La scène perdit un acteur de premier ordre, tout comme la science un logicien subtil, lorsqu'il se fit une spécialité de la recherche des crimes.

Il était six heures un quart lorsque nous quittâmes Baker street, et il était sept heures moins dix lorsque nous arrivâmes dans l'avenue Serpentine que nous nous mîmes à arpenter à la hauteur de Briony Lodge en attendant l'arrivée des personnes qui nous intéressaient ; pendant ce temps la nuit était venue et les lampes s'étaient allumées.

La maison était absolument telle que je me l'étais figurée d'après la description succincte de Sherlock Holmes, mais le quartier était moins désert que je ne l'avais pensé. Au contraire, pour une petite rue d'un quartier paisible, elle était très animée. Il y avait un groupe d'hommes mal vêtus, fumant et riant dans un coin, un rémouleur, deux sergents de ville faisant la cour à une petite bonne et plusieurs jeunes gens bien mis qui allaient et venaient, le cigare à la bouche.

— Vous comprenez, dit Holmes, que ce mariage simplifie singulièrement les choses. La photographie est maintenant une arme à double tranchant. Il est probable que la dame redoute autant de la laisser voir à M. Godfrey Norton que notre client à la princesse. Maintenant la question est celle-ci : où trouverons-nous cette photographie ?

— Où en effet ?

— Il est peu probable qu'elle la transporte avec elle. C'est une grande épreuve impossible à dissimuler sous des vêtements de femme. Elle sait que le roi est capable de lui faire dresser un guet-apens et de la faire fouiller. Il y a eu déjà deux tentatives de ce genre. Il est donc certain qu'elle ne l'emporte pas avec elle.

— Où l'a-t-elle déposée, alors ?

— Chez son banquier ou son homme d'affaires. Il y a cette double éventualité. Mais je suis disposé à croire que ce n'est à aucune de ces deux hypothèses qu'il faut s'arrêter. Les femmes sont généralement cachottières. Pourquoi, après tout, la confierait-elle à quelqu'un ? On se fie à soi-même, mais on ne peut savoir quelles influences indirectes ou politiques pourraient peser sur l'homme d'affaires. De plus, rappelez-vous qu'elle avait résolu de s'en servir dans quelques jours. La photographie doit donc se trouver à portée et par conséquent dans sa propre demeure.

— Mais sa maison a été cambriolée deux fois.

— Peu importe, ils n'ont pas su chercher.

— Comment ferez-vous pour la découvrir ?

— Je ne la chercherai pas.

— Quoi alors ?

— Je l'obligerai à me la montrer.

— Elle refusera sûrement.

— Elle ne le pourra pas. Mais j'entends le roulement d'une voiture. C'est précisément la sienne. Suivez mes instructions à la lettre. »

Il achevait à peine de parler que nous aperçûmes, au détour de l'avenue, la lueur des lanternes. C'était un élégant landau que celui qui s'avançait vers Briony Lodge. Au moment où il s'arrêtait, un des vagabonds qui flânait dans la rue, se précipita sur la route pour ouvrir la portière dans l'espoir de gagner un sou, mais il fut repoussé brusquement par un autre vagabond qui s'était précipité dans le même but. Une terrible querelle s'ensuivit, querelle qui fut envenimée par deux gardiens de la paix, lesquels prirent parti pour l'un des mendiants, et par le rémouleur qui se rangea avec autant d'ardeur du côté de l'adversaire. L'un d'eux reçut un coup et aussitôt la dame, qui pendant ce temps était descendue de sa voiture, se trouva dans un cercle d'hommes furieux, luttant les uns contre les autres, se frappant comme des sauvages avec leurs poings et leur bâton. Holmes se jeta dans la mêlée pour protéger la dame, mais juste au moment où il arrivait à elle, il poussa un cri et tomba par terre, la figure en sang. Là-dessus les gardiens de la paix prirent leurs jambes à leur cou d'un côté, les vagabonds de l'autre, tandis qu'un certain nombre de personnes d'une catégorie plus élevée, qui avaient observé la bagarre sans y prendre part, se précipitaient au secours de la dame et du monsieur blessé. Irène Adler, comme je l'appellerai encore, s'était hâtée de monter l'escalier, mais elle s'était arrêtée à mi-chemin, sa superbe silhouette se dessinant sur le fond du hall, et elle s'était retournée pour voir ce qui se passait dans la rue.

— Est-ce que le pauvre monsieur est gravement blessé ? demanda-t-elle.

— Il est mort, crièrent plusieurs personnes.

— Non, non, il respire encore, cria un autre. Mais il aura expiré avant d'arriver à l'hôpital.

— C'est un homme très brave, dit une femme. Sans lui, ils auraient sûrement pris la bourse de la dame et sa montre. C'en est une clique et une fameuse, que ces gens-là ! Ah ! le voilà qui respire.

— Il ne peut pas rester dans la rue. Pouvons-nous le porter chez vous, madame ?

— Certainement, mettez-le dans le salon où il-y a un sofa confortable. Par ici, je vous prie.

Lentement, solennellement, le blessé fut transporté dans la villa et étendu dans la pièce de réception. De mon poste, près de la fenêtre, j'observais tout ce qui se passait. Les lampes avaient été allumées, mais les volets n'avaient pas été fermés, de sorte que je pouvais voir Holmes étendu sur un lit de repos. Je ne sais s'il fut à ce moment saisi de remords pour la comédie qu'il jouait, mais je sais que pour ma part je ne fus jamais plus honteux de ma vie que lorsque je vis la superbe créature contre laquelle je conspirais prodiguer ses soins au malade avec la grâce et la bonté les plus exquises. Et cependant c'eût été maintenant vis-à-vis de Holmes la trahison la plus noire que de reculer devant la tâche qu'il m'avait confiée. Je m'endurcis le cœur et je tirai la fusée de sous mon ulster. Après tout, pensai-je nous ne lui faisons aucun mal. Nous l'empêchons seulement de nuire à son prochain.

Holmes s'était dressé sur son séant et je le vis s'agiter comme un homme qui manque d'air. Une femme de chambre courut à la fenêtre et l'ouvrit. Au même moment je vis le blessé lever la main et à ce signal je jetai ma fusée dans la pièce en criant : « Au feu ! » J'avais à peint articulé ce cri que toute la foule de spectateurs, les déguenillés comme ceux qui étaient bien mis, les gens comme il faut, les garçons d'écurie, les servantes, tous poussèrent un grand cri de « Au feu ! » Des tourbillons de fumée s'élevèrent dans le salon et sortirent par la fenêtre ouverte. J'eus la vision de gens qui se bousculaient et un moment après j'entendis la voix de Holmes leur affirmant que c'était une fausse alerte. Me frayant un passage dans la foule hurlante, je gagnai en hâte le coin de la rue ; dix minutes plus tard je sentais le bras de mon ami s'appuyer sur le mien et j'avais le bonheur de m'éloigner de ce tumulte. Lui marcha vite et en silence pendant quelques minutes jusqu'à ce que nous ayons atteint l'une des rues paisibles qui mènent vers la route d'Edgware.

— Vous avez rempli votre rôle à merveille, docteur, remarqua-t-il. C'est parfait.

— Vous avez la photographie ?

— Je sais où elle se trouve.

— Et comment l'avez-vous découverte ?

— Elle me l'a montrée, comme je vous l'avais prédit.

— Je ne comprends pas.

— Je n'ai pas l'intention de faire de mystère, dit-il en riant. La chose est bien simple. Vous avez compris naturellement que tous les gens qui se trouvaient dans la rue étaient des complices ? Ils étaient tous loués pour l'après-midi.

— Je m'en doutais.

— Lorsque la querelle éclata j'avais déjà préparé dans le creux de ma main un peu de peinture rouge toute fraîche. Je me précipitai en avant, je tombai, j'appliquai ma main sur ma figure et je devins un spectacle lamentable. Le truc n'est pas nouveau.

— J'avais aussi deviné cela.

— Alors ils me portèrent dans la maison. Elle était bien obligée de me recevoir. Comment aurait-elle pu refuser ? Et encore elle devait me recevoir dans son salon, précisément là où je soupçonnais que devait se trouver la photographie. Elle était ou là ou dans sa chambre à coucher et j'étais décidé à en avoir le cœur net. On me déposa sur un canapé. Je fis signe que j'avais besoin d'air, ils furent forcés d'ouvrir la fenêtre et vous entrâtes en scène.

— En quoi vous ai-je été utile ?

— Votre concours m'a été précieux. Quand une femme croit que le feu est à sa maison, son instinct naturel la porte à se précipiter vers l'objet auquel elle tient le plus. C'est une impulsion irrésistible et j'en ai tiré parti plus d'une fois. Cela m'a servi dans le scandale de la substitution Darlington et dans l'affaire du château d'Arnsworth. Une mère se précipite vers son enfant, une femme non mariée vers ses bijoux. Il me sembla évident que la dame en question n'avait dans sa maison rien de plus précieux que ce que nous cherchions. Il était certain qu'elle devait tâcher à le mettre en lieu sûr. L'alerte de « Au feu ! » fut parfaitement simulée. La fumée et les cris étaient faits pour ébranler des nerfs d'acier. L'événement répondit à mon attente : la photographie est dans un renfoncement derrière un panneau mobile juste au-dessus du cordon de sonnette. La dame courut vers la cachette et j'aperçus même l'objet au moment où elle le retirait à moitié. Lorsque je criai que c'était une fausse alerte elle remit la photographie à sa place, jeta un coup d'œil sur la fusée, sortit de la pièce et je ne l'ai pas revue depuis. Je me levai et, avec force excuses, je me retirai. J'hésitai à me procurer immédiatement la photographie ; le cocher venait d'entrer dans le salon et, comme il m'observait, il me sembla prudent de remettre cela à plus tard. Trop de précipitation pourrait tout gâter.

— Et maintenant ? demandai-je.

— Notre tâche est réellement finie. Je passerai demain chez Irène Adler avec le roi et avec vous, si vous voulez bien nous accompagner. On nous introduira dans le salon pour y attendre la dame, mais il est probable que lorsqu'elle apparaîtra elle ne trouvera ni nos personnes ni la photographie. Ce sera une satisfaction pour le roi de la prendre de ses propres mains.

— Et quand irez-vous ?

— À huit heures demain matin. Elle ne sera pas encore levée, de sorte que nous serons absolument libres. Dé plus il n'y a pas un instant à perdre car ce mariage va amener un changement complet dans sa vie et dans ses habitudes. Il faut que je télégraphie au roi sur l'heure. »

Nous avions atteint Baker street et nous nous étions arrêtés devant la porte. Holmes cherchait sa clef dans sa poche lorsque quelqu'un en passant dit :

— Bonsoir, m'sieu Sherlock Holmes ! »

Il y avait plusieurs personnes sur le trottoir à ce moment-là, mais le salut nous sembla être venu d'un petit jeune homme vêtu d'un ulster qui avait passé très vite à côté de nous.

— J'ai déjà entendu cette voix, dit Holmes, en cherchant à percer l'ombre de la rue mal éclairée. Je me demande qui diable cela peut être ? »

Je passai la nuit à Baker street et nous étions en train de prendre notre café au lait le lendemain matin, lorsque le roi de Bohême fit irruption dans le salon.

— Vous l'avez réellement ? cria-t-il en saisissant Sherlock Holmes par les deux épaules et en le regardant anxieusement dans les yeux.

— Pas encore.

— Mais vous avez de l'espoir ?

— J'ai de l'espoir.

— Alors, venez, je n'y tiens plus.

— Il faut héler un fiacre.

— Non, mon coupé est à la porte.

— Cela simplifie les choses. »

Nous descendîmes lestement et nous reprîmes une fois de plus le chemin de Briony Lodge.

— Irène Adler est mariée, dit Holmes.

— Mariée ? depuis quand ?

— Depuis hier.

— Avec qui ?

— Avec un homme de loi anglais du nom de Norton.

— Elle ne l'aime pas, sûrement pas…

— J'espère que si.

— Et pourquoi cela ?

— Parce que cela éviterait à Votre Majesté tout ennui à l'avenir. Si la dame aime son mari, elle n'aime assurément pas Votre Majesté. Si elle n'aime pas Votre Majesté, il n'y a aucune raison pour qu'elle intervienne dans ses projets.

— C'est vrai. Et cependant ! Eh bien ! Si elle avait été de même condition que moi, quelle reine c'eût été ! »

Il se tut et resta pensif jusqu'à notre arrivée à Serpentine avenue.

La porte de Briony Lodge était ouverte. Une femme âgée se tenait sur les marches. Elle nous regarda descendre du coupé d'un œil sardonique.

— M. Sherlock Holmes, je crois ? dit-elle.

— Je suis M. Holmes, répondit mon compagnon en la regardant d'un air étonné et interrogatif.

— Ah ! vraiment ! ma maîtresse m'a dit que vous viendriez probablement. Elle a pris ce matin à Charing Cross, avec son mari, le train de 5 h. 15 pour le continent.

— Quoi ? »

Holmes chancela, blême de chagrin et de surprise.

— Vous dites qu'elle a quitté l'Angleterre ?

— Pour n'y jamais revenir.

— Et les papiers ? demanda le roi d'une voix rauque. Tout est perdu !

— Nous verrons.

Holmes bouscula la servante et se précipita dans le salon, suivi du roi et de moi-même. Les meubles étaient sens dessus dessous, avec des étagères démontées, des tiroirs ouverts, comme si la dame avait tout saccagé avant de partir. Mon ami courut vers le cordon de sonnette, ouvrit nerveusement un panneau à coulisse et y plongeant la main en tira une photographie et une lettre. La photographie était Irène Adler elle-même en robe de soie ; la lettre était adressée : « À M. Sherlock Holmes. À garder jusqu'à ce qu'on vienne la prendre. » Il l'ouvrit et nous la lûmes tous les trois ensemble. Elle était datée de la veille à minuit et en voici le texte :

« Mon cher monsieur Sherlock Holmes,

« Vous avez admirablement monté votre coup. Vous m'avez mise dedans complètement et jusqu'après le cri de « Au feu ! » je n'ai pas eu le moindre soupçon. Mais ensuite, en pensant à la manière dont je m'étais trahie, je me pris à réfléchir. J'avais été, depuis plusieurs mois, mise en garde contre vous. On m'avait dit que si le roi employait un agent, ce serait certainement vous et votre adresse m'avait été donnée. Et, cependant, malgré tout cela, vous m'avez forcée à révéler ce que vous vouliez savoir. Même après, j'eus des doutes ; je trouvais mal de me méfier d'un bon et naïf pasteur. Vous savez que je suis une actrice de profession ; je m'habille facilement en homme et je profite même souvent de l'indépendance que cela me donne. J'envoyai Jean le cocher vous surveiller, je courus dans ma chambre, je revêtis mon costume de marche, comme je l'appelle, et je redescendis au moment où vous veniez de partir. Alors je vous suivis jusqu'à votre porte et je me convainquis ainsi que j'étais réellement un objet d'intérêt pour le célèbre Sherlock Holmes. Puis, je vous souhaitai le bonsoir, plutôt imprudemment, je l'avoue, et j'allai au Temple voir mon mari.

« Nous avons pensé tous deux que notre seule ressource était la fuite puisque nous allions avoir à lutter contre un si terrible antagoniste, de sorte que vous trouverez le nid vide, lorsque vous viendrez demain. Quant à la photographie, votre client peut être tranquille. J'aime et je suis aimée, et l'homme à qui j'ai voué ma foi vaut mieux que lui. Le roi est libre de faire ce qu'il désire ; ses desseins ne seront pas entravés par celle qu'il a cruellement trompée. Je garde seulement cette image pour ma propre sauvegarde et pour conserver une arme qui me mette toujours à l'abri des démarches qu'il pourrait tenter dans l'avenir. Je laisse une photographie qui lui fera peut-être plaisir, et je suis, cher monsieur Sherlock Holmes, bien sincèrement à vous.

« Irène Norton, née Adler ».

— Quelle femme ! oh ! quelle femme ! s'écria le roi de Bohême lorsque nous eûmes tous trois achevé de lire cette épître. Ne vous avais-je pas dit combien elle était vive et décidée ? N'aurait-elle pas été une reine admirable ? N'est-il pas dommage qu'elle n'ait pas été de mon rang ?

— Par ce que j'ai vu de la dame, elle semble n'être pas en effet de même condition que Votre Majesté, dit Holmes froidement. Je regrette de n'avoir pas mené cette affaire à bien.

— Au contraire, cher monsieur, s'écria le roi. Vous avez parfaitement réussi. Je sais que sa parole est inviolable et je suis aussi tranquille sur le sort de cette photographie que si elle eût été brûlée.

— Je suis heureux d'entendre cette affirmation de la bouche de Votre Majesté.

— J'ai contracté une dette immense vis-à-vis de vous. Je vous en prie, dites-moi ce que je dois faire pour vous en remercier. Cette bague...

Il retira de son doigt une bague d'émeraudes disposées en forme de serpent et la posa sur la paume de sa main.

— Votre Majesté a une chose que j'apprécierais bien plus, dit Holmes.

— Dites-moi quoi, je vous en prie !

— Cette photographie.

Le roi le regarda stupéfait.

— La photographie d'Irène ? s'écria-t-il. Certainement, si vous la désirez.

— Je remercie Votre Majesté. Alors il n'y a plus rien à faire ? J'ai l'honneur de vous saluer. »

Il s'inclina et, s'éloignant sans voir la main que le roi lui tendait, il partit avec moi pour rejoindre son domicile.

Et voilà comment un grand scandale menaça le royaume de Bohême et comment les plans les plus savants de Sherlock Holmes furent déjoués par la finesse et l'intelligence d'une femme. Il se moquait auparavant de l'habileté des femmes, mais depuis il y a renoncé. Et quand il parle d'Irène Adler, ou quand il fait allusion à sa photographie, c'est toujours sous cette dénomination dont il a fait un titre honorable : « La femme. »